AF383890

EGLOGUE

PRESENTE'E AU ROY,

PAR LES PENSIONNAIRES
du Collége des Prêtres de l'Oratoire de la Ville
de Troyes, au Paſſage de SA MAJESTE'
par cette même Ville.

A TROYES,

Chez L. G. MICHELIN, Imprimeur du Roi, & J. B. F.
BOUILLEROT, Libraire de la Ville & du Collége.

M. D. CC. XLIV.

NOMS

DES PENSIONNAIRES,

QUI eurent l'honneur de paroître devant SA MAJESTE', en Habit de Bergers,

MESSIEURS,

PIERRE DE PUGET.

NICOLAS PHILPIN.

CHARLES BREMONT.

PIERRE FROMAGEOT.

ELOY PIOT DE COURCELLES.

JEAN-BAPTISTE CAMUSAT.

NICOLAS BELU.

JEAN-BAPTISTE PORCHERAT.

JEAN BAILLY.

EGLOGUE

SUR LE PASSAGE DU

ROY A TROYES.

ARGUMENT.

UN Berger des environs de Fontainebleau, paſſant par la Champagne, ſe rencontre dans un Vallon ſur la Seine, proche la Ville de Troyes, où il trouve pluſieurs Bergers aſſemblés, qui preparent une fête pour le Roi, qui doit arriver bien-tôt, & que l'on attend à tout moment. Les Bergers l'invitent à prendre part à cette fête, & à s'unir avec eux pour chanter les loüanges du Roi. Il y conſent, & chante un air qu'il a fait nouvellement ſur ce ſujet. Les Bergers lui font enſuite la deſcription de tous les

preparatifs de la fête fur lefquels ils lui demandent
fon fentiment, & le rendent juge des chanfons qu'ils
ont preparé. Deux Bergers Tyrfis & Palemon
chantent en vers Amœbées les louanges du Roi, &
pendant qu'ils chantent le Roi arrive. Alors tous les
Bergers vont audevant de Sa Majefté pour lui offrir
leurs refpectueux homages, & en allant ils font des
vœux & des fouhaits pour fa profperité.

PERSONNAGES.

Un Berger des environs de Fontainebleau.
Deux Bergers des environs de Troyes.
Deux autres Bergers Troyens nommés Tyrfis &
Palemon.

BERGER *de Fontainebleau.*

Quelle eft donc, chers Bergers, cette brillante fête,
Qui vous raffemble ici de differens hameaux ?
Chacun de pampres verds à couronné fa tête,
Et tout l'air retentit du fon des Chalumeaux.

I. BERGER *Troyen.*

Berger, qui que tu fois, qui traverfes ces plaines,
Daigne ici t'arrêter, prens part à nos plaifirs,
Cet heureux jour finit toutes nos peines,
Et met le comble à nos defirs.
Nous attendons LOUIS, ce Héros invincible,

Qui veut bien vifiter nos Champs.
Tous les Bergers de ce Vallon paifible ,
Accoûrent à l'envi lui confacrer leurs chants.
Les cœurs volent à fon paffage ,
Ils brûlent de lui rendre homage.
Viens Berger , à nos voix , viens unir tes accens.

BERGER *de Fontainebleau.*

Ah ! c'eft bien ma plus chere envie ,
De faire au moins pour lui réfonner mon hautbois ;
Moi qui lui donnerois ma vie ,
Puifque j'ai le bonheur de vivre fous fes Loix.
Oüi , je l'ai vû ce Roi guerrier & pacifique ,
Venir fe délaffer dans ce Palais antique ,
Bâti dans le Vallon fi champêtre & fi beau ,
Que l'on nomme Fontainebleau.
Il ne dédaignoit pas le fon de nos mufettes ,
Et d'écouter nos douces chanfonnettes.
J'en ai fait , & j'efpere un jour les lui chanter ,
Quand il viendra nous vifiter.

I. BERGER *Troyen.*

Daigne ici nous les faire entendre ?

II. BERGER *Troyen.*

Que je voudrois bien les apprendre ?

BERGER *de Fontainebleau.*

Un feul air fuffira. . . . . . .

4

II. BERGER *de Troyes.*

Nous allons l'écouter.

BERGER *de Fontainebleau.*

Il joüe un air sur son hautbois, & chante les vers suivans.

Je l'ai vû ce Héros aimable
Secondé d'un plomb redoutable
Percer les sangliers qui ravagoient nos Bois.
Il préludoit dès lors à ces coups de Tonnerre,
Que son bras lance dans la guerre
Pour soutenir d'inviolables droits ;
Ces heroïques jeux annonçoient ses exploits.

II. BERGER *de Troyes.*

Berger, que ta voix est touchante,
Que ton haut-bois rend d'agréables sons ?

BERGER *de Fontainebleau.*

Si mon haut-bois vous plaît, si ma voix vous enchante
C'est que LOUIS anime mes chansons.

II. BERGER *Troyen.*

En attendant qu'ici LOUIS vienne à paroître,
Berger, voi les apprêts de la fête champêtre
Que nous avons faits dans ces lieux,
Tu nous diras si tout est digne de ses yeux.

Berger.

Tyrſis & Palemon à l’ombre de ce hêtre,
      Vont auſſi te chanter les airs ,
Qu’Hilas a compoſé pour notre Auguſte Maître ,
Et tu pourras juger du prix de leurs concerts.

BERGER *de Fontainebleau.*

      J’ai vû des Fêtes dans les Villes,
      J’en ai vû faire dans nos champs ,
Mais les plus ſimples jeux de ces Fêtes tranquiles
      Qu’on fait dans nos heureux aziles
Ont toûjours eu pour moi cent fois plus d’agrémens,

I. BERGER *Troyen.*

      Voi ces Portiques de verdure :
L’art a prêté la main à la ſimple nature ,
      Pour les orner de diverſes couleurs ;
      Mais ce qui fait leur plus riche parure ,
C’eſt le nom de LOUIS placé parmi les Fleurs ,
Il eſt pourtant encor mieux placé dans nos cœurs.

II. BERGER *de Troyes.*

Regarde ces Tableaux ſuſpendus aux Portiques ,
      Ce ſont autant d’images ſimboliques ,
Qui retracent aux yeux les vertus de LOUIS ;
Les traits les plus brillans de ſon illuſtre vie ,
      Par la Peinture & par la Poëſie ,
      Y ſont ſuccinctement décrits.

I. BERGER *Troyen.*

Ici coule à longs traits le doux jus de la Treille ;
Là s'élancent les Flots de la liqueur vermeille.
Pour LOUIS rien ne coûte à nos heureux Bergers ;
Ni les fleurs des Jardins, ni les fruits des Vergers.

II. BERGER *de Troyes.*

Dès que la fombre nuit aura tendu fes voiles ;
Nous allons dans nos champs allumer mille feux ;
Et lancer dans les airs de ces vives étoiles,
    Dont l'éclat brillant & pompeux,
Fait pâlir de la nuit les Aftres lumineux.

I. BERGER *de Troyes.*

    Que ne puis-je auffi te décrire
Les danfes, les combats, & les jeux innocens,
    Qu'une vive allegreffe infpire
En un beau jour de fête a nos Bergers contens !
Chacun d'eux aujourd'hui pour montrer fon adreffe
    Va faire les plus grands efforts,
Et pour peu que LOUIS à nos jeux s'intereffe,
    De notre fenfible allegreffe
    Rien ne pourra moderer les tranfports.

BERGER *de Fontainebleau.*

Non : vos jeux innocens ne fçauroient lui déplaire.
    Quelquefois, pour fe délaffer,

Les Rois prennent plaisir à voir sur la fougere
Le tendre Agneau bondir, & le Berger danser
    Au son d'une flute legere.
Mais vous m'avez promis de répéter vos airs.

I. BERGER *de Troyes.*

Tirsis & Palemon commencez vos concerts :

Ici les deux Bergers, Tyrsis & Palemon joüent un
   Prélude, l'un sur la flute & l'autre sur la Mu-
   sette & chantent alternativemeut les vers Amæbées.

TYRSIS.

Célébrons de LOUIS la valeur triomphante,
    Chantons ses glorieux exploits.

PALEMON.

    Chantons son humeur bienfaisante,
Et le bonheur qu'on à de vivre sous ses loix.

TYRSIS.

LOUIS est un Héros terrible dans la guerre,
    Ses ennemis sont vaincus pour jamais.

PALEMON.

Si contre eux il a fait éclater son Tonnerre,
    C'est pour les forcer à la paix.

TYRSIS.

A peine paroit-il qu'on voit tomber les Villes,
  Sous l'éfort de fon bras puiffant.

PALEMON.

Seront-elles jamais plus fûres, plus tranquiles,
Qu'en recevant les Loix de ce Héros charmant.

TYRSIS.

La terreur de fon nom à feule mis en fuite,
  Un ennemi terrible & menaçant.

PALEMON.

  Mais dans l'ardeur de la pourfuite,
N'a-t-il pas commandé qu'on épargnât le fang ?

TYRSIS.

Il a par fa valeur reculé nos Frontieres,
  Qui bornoient fes Vaftes Etats.

PALEMON.

Contre fes ennemis il a mis des Barrieres,
Pour parer fes Sujets de leurs fiers attentats.

TYRSIS.

Après tous ces Exploits d'éternelle mémoire,

LOUIS revient enfin couronné de Laurier.

PALEMON.

Du Laurier le plus beau quelle que soit la gloire,
LOUIS à son éclat préfere l'Olivier.

TYRSIS.

Valeur, sagesse, prévoyance,
Vous faites de LOUIS le fidele Portrait.

PALEMON.

Douceur, humanité, clémence,
Ah ! vous seules rendez son éloge parfait.

TYRSIS.

Sur cent monstres affreux sa victoire est certaine,
Il foule sous ses pieds les vices abbatus.

PALEMON.

Publions ses bontés, que les bords de la Seine
Retentissent par tout du bruit de ses vertus.

TYRSIS.

Paissez, mes chers Moutons, paissez en assurance,
LOUIS défend nos champs, que votre sort est doux !

PALEMON.

Raſſurez-vous , Bergers , vivez ſans défiance ;
Ce bienfait de LOUIS eſt encor plus pour vous,

TYRSIS.

Que de pleurs a coûté cette Tête ſi chere !
Quand LOUIS fut en proye à de vives douleurs ;
Quels ſoupirs , quels regrets ! chacun crut perdre un
   Pere ,
Et ſe vit menacé du plus grand des malheurs.

PALEMON.

Pourquoi ſe rapeller ce tems ſi plein d'allarmes ?
Chaſſons le ſouvenir de ces jours douloureux ,
Livrons-nous aux douceurs d'un repos plein de
   charmes ,
LOUIS ne ſouffre plus , nous ſommes trop heureux.

TYRSIS.

Quel préſent pourrai-je lui faire ;
Si j'ai le bonheur de le voir ?
Un tendre Agneau qui téte encor ſa Mere ;
Eſt le ſeul bien qui ſoit en mon pouvoir.

PALEMON.

Pour moi qui ſçai ce qu'il demande ;
De ſimples Bergers comme nous ;

Je lui ferai pour toute offrande
L'hommage de nos cœurs, & vous m'avourez tous.

BERGER *de Fontainebleau.*

Souffrez, Bergers, que j'interrompe
De vos airs enchantés les aimables récits :
J'aperçois, ſi je ne me trompe,
Tout le cortége de LOUIS.
Allons, que chacun ſe prépare,
A le recevoir dignement.
De mes ſens le reſpect s'empare,
Il s'éleve en mon cœur un ſecret mouvement,
Et de crainte & de confiance.
Bergers, n'en doutez pas, c'eſt LOUIS qui s'avance.
Oui, je le reconnois : ce port majeſtueux,
Cet air noble, ce front ſerein & gracieux,
Qui font reſſentir ſa préſence,
Attirent ſur lui tous les yeux.

I. BERGER *Troyen.*

Sortons de ce riant boccage.

II. BERGER *Troyen.*

Quittons au plutôt ce rivage.

I. BERGER *Troyen.*

Allons rendre à LOUIS avec empreſſement,
Le plus reſpectueux hommage.

II. BERGER *Troyen.*

Courons de notre amour lui donner promptement,
Le plus fidéle témoignage.

TYRSIS.

Que LOUIS foit toûjours glorieux, triomphant !
Que fon regne foit floriffant :
Que fa poftérité s'étende d'âge en âge.

PALEMON.

Qu'il vive ce Héros charmant,
Qu'il poffède tranquilement
Les cœurs de fes Sujets, fon plus doux héritage.

Huit Bergers de Champagne eurent l'honneur de préfenter à SA MAJESTE' une Couronne de Laurier, différentes Corbeilles de fruits champêtres, & des Bouteilles d'excellent Vin de Champagne. Le Compliment fut fait par Mr. Dupuget qui étoit à la tête des Bergers.

✢✢✢✢✢✢✢✢✢✢✢✢✢✢✢✢✢✢✢✢✢✢✢✢✢✢✢✢✢✢✢✢✢✢✢

COMPLIMENT FAIT AU ROY,

par les Bergers, en lui offrant leurs préfens.

Grand Roi, daigne accepter les dons de nos Bergers :
Ce ne font que des Fleurs, une fimple Couronne,
Du Vin de nos côteaux, des fruits de nos Vergers ;
Mais ils tirent leur prix du bon cœur qui les donne.

LODOIX

CARMEN PASTORALE

LYCIDAS, CORYDON, TITYRUS, MELIBŒUS.

LYCIDAS.

QUIS mihi, Paſtores, animos quis amabilis error
Decipit? ò ubi ſum ! ſpectacula, qualia nun-
quam
Saltibus in noſtris ſe ſe explicuêre, ſtupen-
tes
Perſtringunt novitate oculos. Dediſco pa-
ternas
Ipſe fatebor enim) priſcus licet incola, ſilvas.
Non eadem rerum facies. Nocteſque dieſque,
Ut priùs, alternis non ſe fugiuntque fugantque,
Lampade ſed rutilat lux continuata perenni.

A

CORYDON.

Dicite, cur tanto Paftorum gloria faftu,
Simplicitatis amans, ambit fe tollere ? noftri
Unde fuas Tyrio mutarunt murice veftes?
Splendida num tenues deceant ? pro paupere cultu
Grandia fectantes, majoraque viribus aufi,
Ecquid regifico exornant convivia luxu ?
En cantus oblita fuos nunc fiftula pendet,
Dum filvas refonare docent clangore tubarum
Agricolae. Nobis date, quaefo, nofcere caufam
Laetitiae infolitae, Paftores. Unde doloris
Excepêre vices nova gaudia ; Quid-ve fluentes
Ex oculis lacrymas, luctus ex corde repreffit ?

TITYRUS.

Nec fibi jam lacrymas, nec luctus tempora pofcunt,
Gallorum in fubitos cedunt fufpiria plaufus.
En Deus aeternâ qui majeftate verendus
Dat Reges adimitque neci, noctuque diuque
Et Thure & precibus, factis, lacrymifque piorum
Franciadum devictus, flebilibus lamentis
Franciadum, & tenero Regem conceffit amori.

LYCIDAS.

Vivis ïo, LODOIX! & nos jam vivimus omnes,
Redderis ut vitae, ipfa fibi jam Gallia tandem
Redditur exanimis, votorum Gallia compos.
Eheu! quanta quies Batavis foret, atque Britannis!
Gloria quanta tuis, te uno pereunte periffet ?

CORYDON.

Quàm blanda Auftriacae veniffet fama furenti,
Gallica quae radice velit convellere ab ima
Lilia, falce trucis Parcae cecidiffe cruentâ !

Ut fibi tota tuo plaufiffet funere felix
Flandria! fe quali jactaffet Belga trophæo!
Quàm fua damna tuâ bene morte redempta putaffet!

MELIBŒUS.

Non fic terribili lapfum per prata fragore
Torquet fulmen oves timidas, oviumque Magiftros:
Non fic ille atro tellus quem forbet hiatu,
Infremit, ut noftras nos terruit actus ad aures
(Qui fuit heu! nobis contorti fulguris inftar)
Rumor in extremo pofiti difcrimine Regis.

TITYRUS.

Mirabar quid mœfta mihi refonaret avena;
Dum graciles nuper calamos, folatia luctûs,
Sollicitans digitis, & carmine dura levare
Tædia tentarem, & fenfus mulcere gravatos.
Vix ego vix primis admovi labra cicutis
(Seu fors una fuit, feu, quod magis auguror, omen)
Nil nifi trifte fono vifæ retuliffe cicutæ:
Sequanides etiam Nymphæ, in convallibus Echo
Audita eft longas per noctem iterare querelas.
Sic tibi femianimi languent dum corpore vires,
Sic quoque communis, LODOIX, tenet omnia languor.

LYCIDAS

Quemque laborantem vel in uno Principe vidi
Unam animam fpirare fimul. Quàm fpontè pacifci,
O quoties voluit, propriæ pia victima mortis,
Vitam pro vita, vivat modò gentis amores,
Et decus omne fuis LODOIX, Regum ultor & hofpes!

CORYDON.

Non fecus ac celsâ implumes fuper arbore pulli

4

Amiffam repetunt mœrenti gutture matrem,
Quam vifco fallente, fuis dum quæreret efcas,
Carcere vimineo captam conclufit arator;
Interdùmque caput videas extollere nido,
Optatam fi quà afpiciant revolare parentem:
Sic tibi dùm mediâ, LODOIX, in morte natarunt
Lumina, dùm gemitu & precibus facra Templa fonabant,
Suppliciter triftes, fi fors Deus audiat, ægros
Spemque metumque inter Paftores trifte bonumve
Vidi follicitis rapientes auribus omen,
Quodcumque in noftris vulgaret Nuncius agris.
Vidi, cum varios, variatâ febre, colores
Induerent vultu; Vidi, cum læta fub imis
Cordibus exciperent læti, cum triftia triftes.

TITYRUS.

Imo imo exangues, adeò dolor acer agebat.
Ac velut in medio curfu dum Phœbus amicos
Furatur vultus, tenebrifque immergitur atris,
Anxia defectu fubito natura perhorret.
Se caulis armenta, feræ fe condere filvis
Accelerant, fed vix folitos redivivus in ignes
Ardefcit, tum ridet ager, reducemque falutant
Gutture mellifluo, turba agglomerata, volucres:
Haud aliter vifa eft cum Rege jacente jacere
Exanimis, falvoque refurgere Gallia Rege.

MELIBŒUS.

Invidus ah! terris fi te rapuiffet Olympus;
Non fpes libertatis erat, via nulla falutis,
Barbarus has fegetes, & amœna vireta teneret,
Ruraque, Campani pretiofaque dona Lyœi.
Prædonum fcelerata cohors, feritate leones,
Haud animis referens, ævi fœdiffima noftri
Proluvies (in nos qualem tamen Auftria bello
Proh pudor! armavit) divina humanaque mifcens

Impia gens , nunc facrilegos impunè per urbes
Et flammâ & ferro, rabie ftimulante , furores
Exereret. Quantos cumularet ftragis acervos !

L Y C I D A S.

Ni morbi violenta lues compreffa quiêffet,
Unum funus erat Regi nobifque, fatemur,
O Meliboee. Deus fed enim qui cuncta per orbem
Confiliis Regit æternis , folioque potentes
Solus ad arbitrium decorat , fpoliatque coronis,
Præfenti afflictam tutári numine gentem
Dum voluit , voluit moriturum edifcere Regem
Quàm Carus Gallo , Gallus quàm Carus & ipfi
Debeat effe , fimul quàm fluxa potentia Regum
Quæ micat ad tempus , tenui que fimillima Bullæ
Quàm flatu poffit minimo vanefcere in auras.

C O R Y D O N.

Hæc fatis eft memoraffe , dedit Deus his quoque finem.
Præteritam , Deus ipfe jubet , præfentia fortem
Gaudia , Paftores , compenfent, vallibus imis
Nil nifi dulce fonet; votis fe reddere amantûm
Atque oculis gaudet LODOIX , ut læta fuorum
Circum corda volant ! ut cari quifque parentis
Ardet in Augufta defigere lumina fronte !
Qui dudùm latuit captivus pectore fenfus
Lætitiæ, non fe jàm continet, emicat ore
Ignea vis; vox , verba , genæ, color, omnia rident,
Omnia concordi teftantur gaudia plaufu.

T I T Y R U S.

Cernite ut illimem rivi trepidantis ad undam
Subfultim ad numerum fociatis gramina palmis
Conculcent pedibus pueri innuptæque puellæ :
Quàm juvat hoc audire novum pæana canentes !

B

GALLIA PLAUDE, REDIT DIVINIS VICTOR AB
    ORCO

AUSPICIIS LODOIX, SUPERATO VICTOR AB
    HOSTE.

Affonat ipfa procul tacitis in vallibus Echo :

VICTOR AB HOSTE REDIT SUPERATO, VICTOR
    AB ORCO.

MELIBŒUS.

Ut tremulæ Zephirorum animæ, dulcefque fufurri
Ambrofiis volitant pennis ! ut littore toto
Populus atque falix motare cacumina geftit !
Ut ludunt faciles, examen amabile, Rifus !
Hanc, ego crediderim, terram feftiva jocorum
Turba fibi legit præ terris omnibus unam.

LICYDAS.

Quodque magis mirere, exultabundus ovantes
Sequana volvit aquas, variis que anfractibus ambit
Præcipiti curfu noftros. fe fundere in agros,
Francigenùm teneros demiraturus amores.
Cernite ut immenfis confurgit ad æthera flamma
Tractibus, inque novas fenfim mutata figuras
Curva triumphalem modò fe conformat in arcum,
Mox fundit gremio rubeos enixa dracones ;
Et cum fida tulit noftros fuper aëra plaufus,
Tunc miris refoluta modis, argenteus imber
Depluit in varias, rutilantia fidera, ftellas.
Cernite ut innocuo, blandè furibundulus, igne
Luxuriat ferpens nitreus, crebroque rotatu
Ipfa fub ora virûm volitat, populum que premendo
Urget inoffenfum, diverfis que orbibus orbes
Implicat, & mediâ ludens expirat arenâ.

CORYDON,

Verſibus haud ſatis eſt alienos pandere plauſus.
Plauſibus in mediis taceas, qui ſæpè canendo,
Tityre, viciſti Phœbo vel judice multos?
Incipe ſi quid habes. Nobis quin aurea promis
Carmina queîs vidi attonitos conſiſtere fluctus,
Et lymphæ oblitos ripâ colludere piſces.
Alternis Licydas, Melibœus, & ipſe canemus.

TITYRUS.

Laudis amans LODOIX. Grandes mea Muſa ſonabit
Auſa modos, ſeclis recinet miranda futuris
Facta, triumphales, LODOICO vindice, palmas;
Seu conjuratas ſociata in bella phalanges
Sterneret enſe ferox, animi imperterritus Heros,
Auſtriacûm terror, mœſtæ virtutis amicus;
Seu fera terribili jaculatus fulmina dextrâ
Verteret invictas armis victricibus arces.
Seu dare terga fugæ, deſolatoſque maniplos,
Triſtes relliquias, cladis monimenta nefandæ,
Cogeret indecores, rurſus tranſmittere Rhenum,
Franciadis dum fida manet Victoria caſtris;
Adderet aut regnis nova regna prioribus. Olim
Audiet hæc, tantis que ætas ventura minorem
Se confeſſa ſtupens mirabitur, ut ſibi nomen
Per medios enſes, diri que tonitrua martis
Quæreret æternum, & venales ſanguine lauros,
Prodigus ipſe ſui, carum caput, unica gentis
Gaudia, deliciæ. Si non tibi, conſule Gallis,
Gallorum ſpes una. Tuo ſatis uſque dediſti
Jam decori; noſtræ non ſat tamen uſque ſaluti.

LICYDAS

Pacis amans LODOIX. Modulis mea fiſtula blandis

Dicere amat placidum. Fulmen quàm spontè remittit
Exarmata manus, tumidos quod sumpsit in hostes.
Invita! hinc, Bellona, procul, procul horrida sœvis
Dentibus infrendens, & anhelans ore furorem.
Ille triumphatis pacis facere otia gaudet
Gentibus, hostilesque metus evincet amore,
Felici cupidus lauros postponere olivæ.
Nobis alta quies. Viridi si fusus in antro
Pascentes video pendere è rupe capellas;
Si lupus insidias agnis meditatur inanes,
Nostraque per campos solerti appressa labello
Mulcet oves teneras securo fistula cantu;
Muneris id, LODOICE, tui est; tua munera serva :
Felices ô Ruricolas! felicia rura!
Te magè felicem, felices qui facis ipse.

MELIBŒUS.

Relligionis amans LODOIX. Lyra nostra sileret
Quos etiam nuper, procerum mirante coronâ,
Protulit ingentes, pietatis pignora, sensus?
Hos ipsæ valles, ipsa hæc arbusta sonabant,
Hos etiam memini, & semper meminisse juvabit:
Regnantûm Rex summe, Deus, diademate Reges
Quem posito agnoscunt cœli terræque potentem
Submissi, cœlum hoc & conscia sidera testor,
Cuncta mihi jam solus eris; tibi serviet uni,
Si tamen hoc merui, quidquid sumus. O bone quæso,
Da cœlo natam cœlo contendere mentem,
Æternorum avidam æternis assurgere regnis.
Qui sibi jam nostros rapuit Deus unus amores,
Ille, mihi dùm vita fluet, Deus unus habebit.
Sacramentum ingens, & non violabile dixi.

CORYDON.

Gentis amor LODOIX. Pietas hunc publica dicet;

Quem **BENE-DILECTUM** pulchro jam nomine dixit ;
Quo Regum non antè fuit fibi carior ullus.
Dicet uti paffim Gallorum pectora blandus
Olli fubdat Amor, nexuque aftringat amico.
Non oculos, non fic animos demulcet ovantûm
Pompa triumphalis, longo quandò ordine gentes
Innumeras fecum, populo fpectante, catenis
Prægravibus ducunt oneratas. Difcite, Reges,
Quantùm profit amor, quàm fit res dulcis amari.
Agnofcis, **LODOIX** ; valeas agnofcere longùm,
Séraque **DELPHINO** contingat fceptra potiri !

F I N I S.